Strip Poker

**In deutscher Übersetzung liegen folgende
Theaterstücke von Jean-Pierre Martinez vor:**

Die Touristen
Vier Sterne
Freitag, der 13.
Strip Poker

JEAN-PIERRE MARTINEZ

Strip Poker

Übersetzung: Hans-Joachim Bopst

La Comédiathèque
comediatheque.net

Personen

Céline
Jacques
Marie
Pierre

*Der vorliegende Text möchte Sie zur Lektüre einladen.
Wenn Sie ihn öffentlich darbieten möchten – gleich ob
auf einer etablierten Bühne oder in einem Laientheater
– müssen Sie die Aufführungsrechte beim Autor
einholen:
Kontakt: https://comediatheque.net*

© La Comédiathèque
ISBN 978-2-37705-415-2

ERSTER AKT

Marie, blond, ziemlich sexy und gestylt, deckt den Wohnzimmertisch festlich für vier Personen. Ihr Handy klingelt. Sie geht ran.

MARIE *(liebenswürdig)*: Ja, hallo…? *(genervt)* Ah, nein, tut mir leid, Sie sprechen nicht mit Pierre, sondern mit Marie, seiner Frau… Sie haben auf *mein* Handy angerufen… Kann ich ihm etwas ausrichten…? Gut… Nein, nein, ist nicht schlimm…

Sie macht sich wieder an ihre Vorbereitungen, mit leicht aufgedrehter Heiterkeit. Ihr Handy klingelt wieder.

MARIE *(etwas genervter)*: Ja, hallo…? *(liebenswürdig)* Ah, Jérôme, du bist es… Doch, doch, mir geht's gut… Hab ich dir schon erzählt, dass ich aufgehört hab zu rauchen… ? Naja, seit heute Morgen… Nee, schwanger bin ich nicht, keine Sorge, aber ich war immerhin bei zwei Päckchen am Tag. Ich hab das mal durchgerechnet. Bei den Zigarettenpreisen kann ich mir in einem Jahr eine Safari in Kenia leisten. Und wenn ich auch nur eine Woche durchhalte, kann ich mir schon eine Metro-Monatskarte für zwei Zonen kaufen. Na jedenfalls hab ich mir von dem, was ich heute schon gespart habe, ein großes Glas Nutella gekauft… *(seufzt)* Ich hab nicht gedacht, dass es so schwer wird… Aber was soll's! Inzwischen kannst du ja nicht mal mehr auf dem Friedhof rauchen… Ach, Pierre, dem geht's gut, wir sind guter Hoffnung… Nee, ich meine, seine Arbeit… Du, ich muss Schluss machen, mein Schweinebraten mit Backpflaumen trocknet gleich aus. Wir hören voneinander, ok? Ciao, ciao.

Marie legt auf, schnuppert und wirft einen besorgten Blick ins Publikum.

MARIE: Es riecht nach Gas, oder…?

Sie läuft in die Küche, um ihren Schweinebraten zu versorgen. Pierre, im Intellektuellen-Look, kommt pfeifend rein, Regenmantel über der Schulter, den „Parisien" unterm Arm. Er hängt den Regenmantel auf, setzt sich auf die Couch und blättert die Zeitung durch. Schlagzeile auf der Titelseite: „Krebs durchs Handy?" Marie erscheint wieder. Pierre legt die Zeitung hastig zurück auf den Tisch und setzt eine tragische Miene auf.

MARIE *(vergnügt)*: Hallo, Süßer!

PIERRE *(finster)*: Hallo…

MARIE *(bemerkt seine Miene)*: Was issn los?

PIERRE: Meinen Job werd ich los…

MARIE: Du wirst deinen Job los? Was soll das heißen?

PIERRE: Standortverlagerung…

MARIE: Au Mist!… Das tut mir echt leid…

Pierre ist nur noch ein Häufchen Unglück.

PIERRE *(mit Leidensmiene)*: Sag, dass du mich nicht verlässt!

Marie nimmt ihn in die Arme, um ihn zu trösten.

MARIE: Wie kommst du denn auf so was? Ich hab doch Arbeit! Weißt du, was? Ich hab mit dem Rauchen aufgehört. Mit dem, was ich da einspare, könntest du schon fast in Teilzeit arbeiten… Und außerdem: wenn wir den Gürtel enger schnallen müssen, dann werden wir ihn eben enger schnallen. *(Hält sich eine Hand auf den Bauch)* Ich ess dann auch kein Nutella mehr…

PIERRE *(lässt nicht locker)*: Ich will dir nicht auf der Tasche liegen, weißt du… Lieber mache ich dem Ganzen ein Ende…

MARIE: Jetzt red doch nicht so einen Käse… Wir sind verheiratet, Pierre! In guten wie in schlechten Zeiten! Die besten Zeiten heben wir uns für den Schluss auf!… Aber das ist schon krass, dass sie euch einfach so verlagern, ohne Vorwarnung.

PIERRE: Du weißt doch, bei der Globalisierung heutzutage.

MARIE: Trotzdem!... Die *Bibliothèque Nationale* verlagern... Wo wollen sie denn hin damit? Das ist doch ein Riesen-Kasten...

PIERRE: Nach China... Es wird alles in Kisten verpackt und dann in einem Gewerbegebiet nahe Kanton wieder aufgebaut. Mit einem von den Türmen haben sie schon angefangen...

MARIE *(bestürzt)*: Nee, echt jetzt...?

PIERRE: Doch...

MARIE: Aber was wollen sie denn mit den ganzen Büchern anfangen, die Chinesen? Die verstehen doch kein Wort. Die können das nicht mal alphabetisch ordnen...

PIERRE: Die gesamte französische Literatur wird per maschineller Übersetzung ins Esperanto übertragen, dann digitalisiert und auf einem gigantischen zentralen Rechner abgespeichert, der die Form einer Pagode hat. Wer Zugang zu den Dateien haben will, muss natürlich ein Abo abschließen, wie für einen privaten Fernsehsender, *Canal Plus* oder so. Was das Papier angeht, das wird recycelt. Dadurch wird wenigstens verhindert, dass sie auch noch die letzten Hektar Eukalyptus-Wälder in China abholzen *(seufzt)* Mein Opfergang könnte immerhin ein paar Pandas retten...

MARIE *(niedergeschmettert)*: Das kann doch nicht wahr sein...

> *Pierre versucht, ernst zu bleiben, dann platzt er lachend heraus.*

PIERRE: Natürlich nicht! Hast du mir so einen Blödsinn wirklich abgenommen?

MARIE *(sauer und erleichtert zugleich, schlägt mit einem Sofakissen nach ihm)*: Mit sowas macht man keine Witze...

PIERRE: Stimmt, das ist jetzt nicht der richtige Moment, meinen Job zu verlieren. Ist ja nicht schlecht bezahlt... und ich hab genug Zeit zum Schreiben... Ach, übrigens, die gute Nachricht: der Verlag *Les Éditions Confidentielles* will mein Stück herausbringen!

MARIE *(täuscht Begeisterung vor)*: *Les Éditions Confidentielles*... Genial!

PIERRE: Naja... Auf Kosten des Autors... Ich muss mindestens viertausend Stück verkaufen, um die Kosten für den Druck reinzubekommen. Viertausend Exemplare – das geht doch schnell weg, meinst du nicht?

MARIE: Wenn sich's deine und meine Eltern teilen... 2000 Exemplare für jede Partei!

Pierre reibt sich die Hände mit einem zufriedenen Lächeln.

PIERRE: Also... Essen wir jetzt? Heute Abend steht Strip Poker auf dem Programm.

MARIE *(versteht nicht gleich)*: Wie – sollen wir beide einen Strip Poker hinlegen?

PIERRE: Strip Poker – diese Reality-Show im Fernsehen, du weißt schon!

MARIE: Nö...

PIERRE: Wo sie Paare einladen; und immer, wenn einer der beiden Ehepartner es für klüger hält, nicht auf eine Frage des anderen zu antworten, muss er oder sie ein Kleidungsstück ausziehen!

MARIE *(seufzt)*: Ich verstehe echt nicht, wie du dir so einen Schwachsinn ansehen kannst...

PIERRE: Och, nur noch dieses eine Mal! Heute Abend ist das Finale!

MARIE: Tja, Finale oder nicht, das muss diesmal ausfallen...

PIERRE: Ist die Glotze kaputt?

MARIE: Nee… Aber das mit dem Fernsehen wird heute nichts…

PIERRE: Bekomme ich etwa Fernsehverbot?

Pierre merkt, dass der Tisch für Vier gedeckt ist.

PIERRE: Sag bloß, du hast deine Eltern eingeladen?

MARIE: Die Nachbarn.

PIERRE: Die Nachbarn? Die sind doch vor einem Monat weggezogen…

MARIE: Die *neuen* Nachbarn!

PIERRE: Die neuen Nachbarn? Aber die kennen wir doch gar nicht!

MARIE: Eben. Ich bin der Frau bei den Mülltonnen begegnet. Und hab gedacht, das wäre *die* Gelegenheit zum Kennenlernen.

PIERRE: Und wozu?

MARIE: Einfach zum Kennenlernen, nicht mehr.

PIERRE: Wozu sollen wir sie kennenlernen?

MARIE: Es ist immer gut, seine Nachbarn zu kennen… Und sich mit kleinen Gefälligkeiten auszuhelfen…

PIERRE: Gefälligkeiten…? Was für Gefälligkeiten?

MARIE: Was weiß ich… Die Blumen gießen, wenn wir nicht da sind…

PIERRE: Die einzige Pflanze - die in meinem Arbeitszimmer - hat deine Katze letzten Sonntag aufgefressen, als wir bei deinen Eltern zum Mittagessen waren.

MARIE: Genau deswegen! Wenn jemand da gewesen wäre, um sie zu füttern, hätte sie deine Pflanze verschont… Übrigens komisch, ich hab sie heute noch überhaupt nicht gesehen…

Pierre seufzt.

PIERRE *(besorgt)*: Sie haben bestimmt Kinder, oder?

MARIE: Drei, glaub ich.

PIERRE: Sag bloß nicht, die hast du auch eingeladen?

MARIE: Die bleiben bestimmt lieber ungestört zu Hause. *(Ironisch)* Um ja nicht das Finale von Strip Poker zu verpassen.

PIERRE: *Musst* du so drauf rumreiten?

MARIE: Außerdem ist es gleich nebenan…

PIERRE: Ach, du hast gar nicht die von gegenüber gemeint?

MARIE: Die Nachbarn von gegenüber haben doch vor sechs Monaten Selbstmord begangen! Erinnerst du dich nicht mehr an die ganzen Feuerwehrautos, das Blaulicht, die Sirenen, mitten in der Nacht?

PIERRE: Nee…

MARIE: Also, mich hat das damals aus dem Schlaf gerissen und ich hab seitdem Albträume… Sie haben das Gas aufgedreht… es hat nicht viel gefehlt und das ganze Viertel wäre in die Luft geflogen…

PIERRE: Es gibt wirklich Leute, die nur an sich denken… Und wieso haben die Selbstmord begangen? Und auch noch paarweise?

MARIE: Keine Ahnung! Vielleicht war nichts Besonderes im Fernsehen, an dem Abend… *(will etwas andeuten)* Vielleicht, wenn wir sie eingeladen hätten…

PIERRE *(findet das weit hergeholt)*: Erzähl mir jetzt nicht, dass du die Nachbarn zum Essen eingeladen hast, damit du dich nicht schuldig fühlen musst, wenn sie vorhaben sollten, ausgerechnet heute Abend Selbstmord zu begehen…?

Sie zuckt mit den Schultern.

MARIE: Ach, übrigens, komisch, ich habe heute ein paar Anrufe für dich auf mein Handy bekommen.

PIERRE: Ach ja, entschuldige, ich weiß nicht, wo meines hingekommen ist… Deswegen habe ich auf dem Anrufbeantworter in meinem Büro deine Nummer hinterlassen… Für den Fall, dass ein Herausgeber versucht, mich zu erreichen, wegen meinem Theaterstück… Es ist besser, dass ich jederzeit erreichbar bin, verstehst du…

MARIE *(fassungslos)*: Meine Handy-Nummer? Wär's nicht einfacher gewesen, dass du dir gleich ein Neues zulegst?

PIERRE: Pff… Ich hab mir gedacht, dass man auch ganz gut ohne leben kann, oder?

MARIE: Ach soo… Wenn man eine Ehefrau an der Hand hat, die die Telefonistin abgibt…

PIERRE: Hör mal, du versuchst gerade, mit dem Rauchen aufzuhören und ich hab mir vorgenommen, mit dem Handy Schluss zu machen. Mal sehen, wer länger durchhält.

MARIE *(gereizt)*: Ja, aber ich verlange auch nicht von dir, *meine* Zigaretten zu rauchen!

Statt zu antworten, vertieft sich Pierre wieder in die Lektüre seines „Parisien", von dem nur die Zuschauer die Schlagzeile („Krebs durchs Handy?") lesen können, nicht Marie. Marie wirft ihm einen genervten Blick zu.

MARIE: Du könntest dir vielleicht was Anderes anziehen, bevor sie kommen?

PIERRE: Wer?

MARIE: Die Nachbarn!

PIERRE: Ach ja, stimmt! Die hatte ich ganz vergessen…

Pierre fügt sich in sein Schicksal und steht auf um sich umzuziehen.

MARIE: Ich schau mal nach, ob der Backofen nicht ausgegangen ist. Es riecht ein bisschen nach Gas… findest du nicht?

Pierre zuckt die Schultern und geht ab Richtung Schlafzimmer. Marie geht auch einen Augenblick raus und kommt mit Flaschen und Gläsern für den Aperitif zurück. Pierre kommt kurz danach zurück, in Schlabber-Look.

MARIE *(traut ihren Augen nicht)*: Hast du einen Schlafanzug angezogen?

PIERRE: Das ist kein Pyjama! Das ist ein… Jogging-Anzug für zuhause.

MARIE: Und deine Filzlatschen sind wohl die dazu gehörige Ausstattung für zuhause?

PIERRE: Hör mal, wenn wir schon nichts Besseres zu tun haben als den Nachbarn etwas näher zu kommen, können wir's doch gleich etwas locker angehen, oder?

MARIE: Und was soll werden, wenn *er* im Anzug mit Krawatte erscheint und *sie* im Abendkleid … Von einer Pyjama-Party hab ich denen nichts erzählt…

Er geht mit einem Seufzer ab. Sie macht mit ihren Vorbereitungen weiter. Er kommt in einer etwas konventionelleren Aufmachung zurück.

PIERRE *(ironisch)*: Besser so?

MARIE *(nicht wirklich überzeugt)*: Geht so…

Pierre schaut die Post auf dem Beistelltisch durch.

PIERRE: *L'Avant-Scène, Actes Sud, Les Éditions Théâtrales*... lauter Bühnenverlage...

Sie schaut ihn überrascht an.

PIERRE: Is nur ein Scherz, leider… *(sieht noch mal auf die drei Briefabsender)*. Telecom, Strom, Wasserwerke… *(seufzt)* Das glorreiche Trio….

MARIE *(will ihn aufmuntern)*: Wahrscheinlich streikt die Post mal wieder. Dann wird nicht alles zugestellt, nur Rechnungen.

Das Handy von Marie klingelt. Sie geht ran.

MARIE: Ja…? *(mit vorgetäuschter Liebenswürdigkeit)* Nein, das ist hier die Zentrale, aber einen Moment, ich verbinde. *(Hält Pierre ihr Handy hin)* Dein Freund Patrick…

Er nimmt das Handy, als ob nichts wäre.

PIERRE: Ja, hey Patrick… Wie geht's?… Ja, nich? Ist schon wieder eine Weile her… Dienstag? Ja, klar, warum nicht… Aber ich muss das erst mit Marie absprechen. Sie ist gerade beschäftigt. Ruf mich morgen noch mal an, ja? … Ähm… ja, wenn ich nicht zuhause bin, kannst du's auf dem Handy versuchen…

Marie ihn sieht ihn finster an.

PIERRE: Ok, bis dann, Patrick…

Er legt auf.

PIERRE: So ein Klotz.

MARIE: Was wollte er denn?

PIERRE: Uns zum Abendessen einladen, am Dienstag. Zum Geburtstag seiner Frau…

MARIE: Ich hab gedacht, er ist dein bester Freund…?

PIERRE: Geburtstage finde ich deprimierend…… Lade *ich* ihn etwa zu deinen Geburtstagen ein…?

MARIE: Dazu müsstest du dir erst mal merken, wann ich Geburtstag habe… …

PIERRE: Nee, wirklich, ohne Handy wird's bestimmt ruhiger… So… Und wo hängen jetzt diese Nachbarn rum … Die werden uns doch nicht damit kommen, dass sie im Stau gestanden haben – wo sie gegenüber wohnen!

MARIE: Nebenan…

PIERRE: Eben, die müssen ja nicht mal über die Straße…

MARIE: Jetzt beruhig dich, ist ja erst neun Uhr…

PIERRE: Um die Zeit sind wir normalerweise schon fertig mit dem Abendessen. Ich krieg allmählich Kohldampf… *(angeregt)* Besonders, wenn es so lecker riecht. *(Ungläubig)* Was hast du uns denn Feines geköchelt?

MARIE *(stolz)*: Schweinebraten mit Backpflaumen. Das Rezept habe ich aus *Elle*…

PIERRE: Aah… Hm… ich weiß ja nicht, ob das der richtige Zeitpunkt für Experimente ist, aber na gut…

Schweigen.

PIERRE: Ich weiß nicht mal, wie die heißen, diese Leute…

MARIE: *Sie* heißt Céline und *er* Jacques, glaub ich…

PIERRE: Na, schau an, ihr seid ja schon richtig intim geworden… Und wie heißen sie mit Nachnamen?

MARIE *(überlegt)*: Puh, weiß ich nicht mehr. Klingt nach Waschmittel…

PIERRE: Coral?

Marie schüttelt den Kopf.

PIERRE: Frosch?

Marie schüttelt wieder den Kopf.

PIERRE: Oder etwa Omo?

MARIE *(der es wieder eingefallen ist)*: Ariel! *(zögert noch einmal)* Oder Mariel…

PIERRE: Also was jetzt – Mariel oder Ariel?

MARIE: Ich weiß es nicht. Sie hat sich mit „*Madamariel*" vorgestellt… Na, wird sich herausstellen … Ist doch nicht wichtig, oder?

PIERRE: Schon ein bisschen! Weil – wenn sie Ariel heißen, dann kannst du deinen Schweinebraten… Obwohl… sie können immerhin noch die Pflaumen essen. Ist gut für die Verdauung…

MARIE *(in heller Aufregung)*: Mist – da hab ich gar nicht drangedacht…

PIERRE: Tja… so ist das, wenn man Leute einlädt, die man nicht kennt…

MARIE: Na, woher hätte ich das wissen sollen? Jacques und Céline, das klingt nicht…

Pierre: Die Muslime heißen auch alle nicht Mohammed...

Marie: Ach, weil du glaubst, dass sie Muslime sind ...?

Pierre: Egal, für den Schweinebraten mit Pflaumen kommt das aufs Gleiche raus, oder?

Marie: Vielleicht sind sie ja nicht strenggläubig...

Pierre: Aber vielleicht solltest du doch schon mal eine Tiefkühl-Pizza auftauen... eine vegetarische, vorzugsweise...

Marie seufzt. Es klingelt. Marie gerät in Panik.

Marie: Was machen wir jetzt?

Pierre: Hmm... ich glaube, du musst nur noch die Türe aufmachen. So läuft das doch im Allgemeinen, wenn man Leute eingeladen hat, die dann auch noch an der Türe klingeln... *(hoffnungsvoll)* Oder aber, wir machen schnell das Licht aus und schauen uns Strip Poker an – im Badezimmer...

Marie: Ich geh schon...

Sie verschwindet im Flur, um die Türe aufzumachen und die Nachbarn zu begrüßen.

Marie *(off)*: Guten Abend, schönen Guten Abend... Kommen Sie herein, immer hereinspaziert... *(nimmt das Geschenk in Empfang, das ihr die Nachbarn überreichen)* Ach, das wär doch nicht nötig gewesen, wirklich nicht...

Pierre *(zur Seite, mit einem Seufzer)*: Ein Geschenk Marke Omo... oder Ariel...

Marie kommt wieder ins Esszimmer, mit einem Blumenstrauß in der Hand, hinter ihr die Nachbarn.

Pierre *(imitiert ironisch die gekünstelte Liebenswürdigkeit von Marie)*: Seien Sie gegrüßt, herzlich willkommen... !

Marie: Was sind das für Blumen? Margeriten? Die haben ja enorme Blüten!

Céline *(verlegen)*: Tulpen...

Marie: Aber natürlich, die sind ja wunderbar!

CÉLINE: Sie haben vielleicht ein wenig unter der Hitze gelitten…

Die Blumen sehen tatsächlich ernsthaft mitgenommen aus.

MARIE: Wir stellen sie gleich ins Wasser…

PIERRE: Das wird sie vielleicht zu neuem Leben erwecken…

Die Nachbarn treten ein. Céline, dunkelhaarig, um die Fünfzig, die man ihr aber nicht ansieht, zierlich, elegant und dabei klassisch angezogen, in so etwas wie einem Kostüm und mit Haarknoten. Jacques, eher schwer und füllig, mit einer Flasche in der Hand, trägt einen Anzug, der genauso heruntergekommen ist wie die Blumen. Alles in allem ein konventioneller Look, im Stil klar unterschieden vom jugendlichen und lässigeren Stil von Pierre und Marie. Marie stellt sie einander vor.

MARIE *(zu Jacques)*: Darf ich vorstellen, das ist mein Mann *(hebt den Familiennamen hervor)* Pierre *Safran*…

Die beiden Männer geben sich die Hand.

PIERRE *(lustlos)*: Sehr erfreut…

MARIE *(zu Jacques)*: Und Sie sind…?

JACQUES *(mit einem Lächeln)*: Jacques…

MARIE: Einfach nur Jacques, sehr schön….

Jacques übergibt Pierre seine Flasche.

JACQUES: Hier, am besten gleich in den Kühlschrank damit…

PIERRE: Ah, eine *Blanquette de Limoux*, ein Crémant! Besten Dank, Jacques…

JACQUES: Gekühlt genauso gut wie Champagner, oder?

PIERRE *(ironisch)*: Ja, warum sich gleich ruinieren. Ich leg ihn ins Tiefkühlfach… Dann wird er noch besser.

Pierre bringt die Flasche in die Küche.

MARIE *(verlegen)*: Haben Sie's gleich gefunden?

Die Nachbarn von nebenan schauen sich verdutzt an.

MARIE *(korrigiert sich)*: Nein, ähm… ich meine: nicht den Weg zu uns, Sie wohnen ja gleich nebenan… Ich wollte sagen, haben Sie ohne Probleme… *(sie improvisiert)* jemanden gefunden, der auf ihre Kinder aufpasst…?

CÉLINE: Ach so, ja, ganz einfach: die Große passt auf die Kleinen auf… Aber wenn's Ihnen nichts ausmacht, werden wir später mal rüberschauen…

Pierre kommt zurück.

MARIE: Und wie heißen Ihre Kinder?

CÉLINE: Sarah, Esther und der jüngste heißt Benjamin.

Marie strengt sich sichtbar an, daraus auf die Religionszugehörigkeit der Nachbarn zu schließen, aber ohne großen Erfolg.

MARIE: Klar, Benjamin… Ist ja logisch… Das Nesthäkchen.

CÉLINE: Sie haben keine Kinder, nicht wahr…?

Etwas peinliches Schweigen.

MARIE: Noch nicht… *(gibt sich einen Ruck)* Entschuldigen Sie die Nachfrage, aber Ihr Familienname – war das Mariel, wie der Schauspieler oder Ariel…?

PIERRE: Wie das Waschpulver…

JACQUES: Mariel.

MARIE *(erleichtert)*: Uff! Wir hatten Angst, dass Sie Juden sind!

Unbehagen bei den Gästen. Marie kommt ins Stocken, aber fängt sich noch einmal.

MARIE: Ach, entschuldigen Sie, es ist nur so, dass ich einen Schweinebraten mit Pflaumenfüllung im Rohr habe… Aber das können wir noch ummodeln. Irgendwo im Gefrierfach muss noch eine Quiche Lorraine rumliegen… Das macht keine großen Umstände…

PIERRE: Sonst können wir die Einladung ja auch auf ein anderes Mal verschieben...

Marie wirft ihm einen vernichtenden Blick zu.

CÉLINE *(entspannter)*: Ach, nicht doch, Sie brauchen keine Rücksicht auf uns zu nehmen. Der Schweinebraten geht vollkommen in Ordnung.

JACQUES *(mit trockenem Humor)*: Nur Ihre Pflaumen... die sind hoffentlich koscher? *(sieht zufrieden, wie verlegen Marie wieder wird)* Nein, ich mach nur Spaß. Hauptsache, sie sind entsteint! Das sag ich immer, wegen der Zähne. ... Und Sie, wie war Ihr Familienname gleich wieder? Curry?

MARIE: Safran...

JACQUES: Ach, schade... *(Pierre und Marie verstehen nicht).*

JACQUES *(selbstzufrieden)*: Na, wegen Pierre und Marie... *(Pierre und Marie verstehen immer noch nicht.)* Pierre und Marie Curie!

Céline findet den Witz ihres Mannes auch ein wenig plump.

MARIE *(lächelt etwas gequält)*: Sie haben echt Humor, das gefällt mir... Ist doch egal, ob Jude oder Moslem, oder?

PIERRE: Ja, genau, es hätte noch schlimmer kommen können! Dass Sie so was wie Zahnarzt oder Informatiker sind...

Erneutes Unbehagen.

MARIE *(will die Stimmung etwas auflockern)*: Wie wär's mit einem Aperitif?

Licht aus

ZWEITER AKT

Die beiden Ehepaare trinken Aperitif. Pierre und Marie sehen absolut gelangweilt aus, aber bemühen sich, Jacques bei seinen nichtssagenden Auslassungen aufmerksam zuzuhören.

JACQUES: Für uns Zahnärzte besteht das Problem mittlerweile darin, dass wir mehr Zeit damit verbringen, Formulare auszufüllen als Zähne zu behandeln. Und dann auch noch alles per Computer… Ich sage immer: ich habe gelernt, wie man mit einem Bohrer umgeht, aber nicht mit einer Maus. Zum Glück hilft mir meine Frau. Informatik, das ist ihr Metier, nicht meins…

Pierre und Marie nicken beifällig.

JACQUES: Nein, und außerdem wird man heutzutage als Selbstständiger auch von diesen Abgaben erdrückt… Apropos, kennen Sie *den* schon?

Pierre und Marie schauen höflich interessiert drein.

JACQUES: Ein Zahnarzt ist mit seiner Frau auf Kreuzfahrt im Pazifik. Das Schiff erleidet Schiffbruch und geht unter…

Marie bricht in schallendes, aber aufgesetztes Lachen aus. Die anderen schauen verständnislos.

JACQUES: Ähm, nein, es geht noch weiter…

Marie wird wieder ernst.

JACQUES: Sie treiben eine Woche lang auf hoher See, bevor sie auf einer einsamen Insel stranden. Die Frau macht sich natürlich schon bald Sorgen und sagt zu ihrem Mann: Die werden uns nie finden!

Marie bricht abermals in Lachen aus.

JACQUES: Nein, die Pointe kommt erst noch…

Marie wird wieder ernst.

Jacques: Der Mann zur Frau: Du hast doch hoffentlich daran gedacht, vor unserer Abfahrt noch die Steuer und die Versicherungsbeiträge zu überweisen? Sagt die Frau: Nee! Er: Dann mach dir keine Sorgen – die finden uns!

Jacques lacht lauthals über seinen eigenen Witz. Marie ist vorsichtig und lacht nicht.

Jacques: Das war's jetzt…

Marie bringt ein etwas dümmliches Lächeln zustande. Jacques zieht ein Päckchen Zigaretten heraus und bietet Pierre eine an.

Jacques: Zigarette?

Pierre: Nein danke, ich rauche nicht…

Jacques hält das Paket Marie hin.

Marie: Ich hab heute Morgen aufgehört…

Céline wirft Jacques einen finsteren Blick zu, er steckt seine Zigaretten wieder ein.

Jacques: Na, dann werde ich Sie natürlich nicht vollqualmen… Obwohl… über die Zigaretten wird immer gelästert – und was ist mit den Handys? Die sind doch genauso gesundheitsschädlich, oder? Ich hab gerade heute früh einen Artikel darüber gelesen, im *Parisien*. Es ist scheinbar so, dass man bei mehr als einer Viertelstunde Handy am Tag unweigerlich Hirntumor bekommt…

Marie ist betroffen. Sie greift nach dem „Parisien“, der unter dem Wohnzimmertisch liegt und wirft einen Blick auf die Schlagzeile: „Krebs durchs Handy?“

Jacques: Da sollte man die Flatrate besser nicht überziehen!

Marie sieht empört zu Pierre, der den Unschuldigen spielt.

Jacques: Ich rauche zwar, aber dafür habe ich kein Handy!

Marie *(ironisch)*: Mein Mann auch nicht. Ihm ist es lieber, dass *ich* mir einen Tumor einfange.

JACQUES: Wissen Sie, was das Lästigste an unserem Beruf ist?

Pierre und Marie machen ein Gesicht, als würden sie sich das fragen.

JACQUES: Dass man sich die ganze Zeit die Hände waschen muss, zwischen zwei Patienten. Schauen Sie sich meine Hände an – die sind ganz trocken! Ich könnte mir ja Handschuhe anziehen, werden Sie sagen, aber… Stellen Sie sich das nur mal vor… Zahnbehandlungen sind Präzisionsarbeit, wissen Sie. Haben Sie schon mal versucht, mit Boxhandschuhen eine Nadel einzufädeln?

PIERRE: Noch nie… Außerdem komme ich nur selten zum Nähen, eher zum Stricken…

JACQUES: Schauen Sie, ich sag immer, wir haben es besser als die Psychoanalytiker. Anfangs ist noch alles gleich – der Patient kommt, legt sich hin, macht den Mund auf… aber dann hört nur noch er mir zu!

CÉLINE: Du langweilst sie mit deinen Geschichten…

MARIE: Aber nein, überhaupt nicht…!

CÉLINE: Erzählen Sie uns doch lieber etwas über sich… *(zu Marie)* Sie sind Lehrerin, stimmt's?

MARIE: Ja, für *Solfège*, also Musiktheorie. Aber ob das so viel prickelnder ist – da bin ich mir nicht sicher…

Pierre wirft ihr einen Blick zu, um sie auf ihre neuerliche Entgleisung aufmerksam zu machen.

CÉLINE: Ah, *Solfège*-Lehrerin… Ich habe 10 Jahre *Solfège*-Unterricht gehabt, als ich jung war…

MARIE *(zeigt sich ein wenig interessiert)*: Haben Sie auch ein Instrument gespielt?

CÉLINE: Keines… Meine Eltern haben geglaubt, dass es schon bildet, wenn man Musiktheorie lernt, so ähnlich wie eine tote Sprache, wie Griechisch oder Latein. Mit 18 habe ich aber dann gesagt: Jetzt ist Schluss damit.

PIERRE *(tut, als sei er beeindruckt)*: Da waren Sie ja schon als Teenagerin eine kleine Rebellin…

CÉLINE: Danach hab ich einen Kurs für Gesellschaftstänze gemacht.

MARIE: Das hat bestimmt ihr Leben umgekrempelt

JACQUES *(süßlich)*: Da haben wir uns kennengelernt, Céline und ich…

MARIE *(tut interessiert)*: Ach, wirklich?

JACQUES: Ja, Tatsache… Ich war ein recht guter Tänzer, damals, wissen Sie… Eigentlich bin ich's noch immer… Es ist wohl so, dass 40% der Männer ihre Frau beim Tanzen kennengelernt haben. *(Zu Pierre)* Haben Sie Ihre reizende Gattin auch auf diese Weise für sich eingenommen…?

PIERRE: Ach nee. Nein, bei uns hat's damit angefangen, dass ich sie in eine Einfahrt gezerrt habe, bei einem Gewitter, nachdem ich ihr angeboten habe, unter meinen Regenschirm zu kommen… Ist wohl eher selten, dass sich Ehepaare auf diese Weise kennenlernen…

Peinliches Schweigen.

MARIE: Das ist natürlich nur fantasiert von meinem Mann…

PIERRE: Sie mag's gar nicht, wenn ich das erzähle.

MARIE: Möchten Sie noch was von dem Aperitif?

CÉLINE: Ach… vielleicht noch einen Spritzer…

PIERRE: Vor oder… nach dem Aperitif?

Marie wirft Pierre einen drohenden Blick zu und schenkt dann allen nach.

CÉLINE: Wir haben Benjamin, unseren Jüngsten, im Kindergarten nebenan angemeldet… Haben Sie von dem Gutes gehört?

MARIE: Keine Ahnung, wir haben ja keine Kinder.

CÉLINE: Ach, stimmt. Entschuldigen Sie…

PIERRE: Na – ist ja nicht Ihr Fehler. Oder?

Schweigen.

CÉLINE: Und Sie, Pierre? Was machen Sie so, beruflich…?

PIERRE: Ich? Ach, nichts…

Die Nachbarn schauen begreiflicherweise etwas verdutzt.

CÉLINE: *(verständnisvoll)*: Auf Arbeitssuche…?

PIERRE: Nee, ich suche nichts… Ich würde eher sagen: beschäftigungsloser Gehaltsempfänger. Ist gar nicht leicht, so weit zu kommen, wissen Sie? So tun, als ob man arbeitet, obwohl man gar nichts zu tun hat… Dazu muss man schon ein sehr guter Schauspieler sein.

CÉLINE *(verlegen)*: Hm, wenn das so ist: was machen Sie, wenn Sie nicht arbeiten…? Ich meine… außerhalb Ihrer Bürozeiten…

PIERRE: Naja… Ich bin Schauspieler, das ist es ja gerade! Gelegenheitsschauspieler.

CÉLINE *(verwirrt)*: Schauspieler? Ach ja, Ihr Gesicht kam mir gleich bekannt vor… In was haben Sie gleich wieder gespielt?

PIERRE: Schauen Sie manchmal „Feuer der Liebe" im Fernsehen an?

JACQUES *(erstaunt)*: Ja, ich schon, gelegentlich – wenn ich mein Nickerchen mache.

PIERRE: Dann haben Sie sicher die Werbung *davor* gesehen, für diese Sterbegeldversicherung?

Jacques sieht nicht so aus, als wüsste er, worum es geht.

PIERRE: Doch, bestimmt. Zwischen der Werbung für Hörgeräte und der für Treppenlifte.

JACQUES: Ähm… Ja, kann sein…

PIERRE: Genau. Und der Typ, der im Sarg, das bin ich…

JACQUES *(erstaunt)*: Ehrlich…?

PIERRE: Eine Rolle ohne große Worte, sozusagen…

Marie sieht missbilligend zu Pierre, der sich über die Wirkung des Gesagten freut.

CÉLINE *(verlegen)*: Und sonst, haben Sie noch andere Projekte…?

Es klingelt an der Wohnungstüre.

JACQUES: Ach, Sie erwarten noch andere Gäste?

MARIE: Nein, nein… Wir erwarten niemand mehr.

Pierre geht die Wohnungstür aufmachen.

PIERRE *(im Off)*: Ach, jetzt schon… Na gut. Warten Sie einen Moment, ich komm gleich wieder…

Pierre kommt mit einem Stapel Kalender zurück.

PIERRE *(verlegen)*: Es ist der Briefträger, mit den Weihnachtsgeschenken von der Post…

JACQUES: Na, der ist ja früh dran, dieses Jahr… Sind Sie sicher, dass der Briefträger echt ist?

PIERRE: Also, er hat eine blau-gelbe Jacke an und sieht ganz dem Typen ähnlich, der jeden Tag die Post bringt…

JACQUES: Aha…

PIERRE: Sie hätten nicht vielleicht zehn Euro, ich hab gerade kein Kleingeld… Ich geb's Ihnen dann später zurück…

Jacques sucht etwas widerwillig in seinen Taschen.

JACQUES: Ach, zu dumm, ich hab den letzten 5-Euro-Schein für den Crémant ausgegeben. Aber ich hab noch 2 Euro, wenn Sie möchten…

PIERRE: Ok, dann… gebe ich ihm einfach Ihren Crémant mit … Wenn's Ihnen nichts ausmacht.

JACQUES: Nein… Stört mich nicht…

Pierre reicht Jacques den Stapel Wandkalender.

PIERRE: Suchen Sie sich schon mal einen aus…

Pierre geht den Crémant aus dem Tiefkühlfach holen. Währenddessen setzt Jacques eine altmodische Brille auf und sieht die Kalender mit überzogen ernsthafter Miene durch.

JACQUES: Schau mal, Céline, ich nehme den hier mit den drei Kätzchen… Die sind doch niedlich, findest du nicht?

Céline antwortet nicht. Pierre kommt mit der Flasche Crémant zurück.

PIERRE: Sie können den Kalender gerne behalten…. Dafür bekommt der Briefträger *Ihren* Crémant…

JACQUES: Danke.

Pierre geht mit den übrigen Kalendern und der Flasche Crémant ab.

PIERRE *(im Off)*: Hier, bitte schön, er ist gut gekühlt… Und dann schon mal: Frohe Weihnachten!

Pierre kommt wieder.

CÉLINE: Frohe Weihnachten… Mitten im Oktober… Die sind ganz schön dreist, so früh im Jahr…

PIERRE: Das muss die Klimaerwärmung sein… Es gibt keine Jahreszeiten mehr. Die Postboten sind auch schon ganz durcheinander…

MARIE: Ich sehe mal nach meinem Schweinebraten mit den Pflaumen. Mir kommt es so vor, als ob es nach Gas riecht…

JACQUES *(steht auf)*: Dann geh ich mal rüber zu uns und sehe nach, was die Kinder anstellen. Bevor wir zu Tisch gehen…

MARIE: Dauert noch einen Augenblick!

JACQUES: Bemühen Sie sich nicht, ich kenne den Weg.

CÉLINE *(steht auch auf)*: Wo kann ich mir denn die Hände waschen? … Die Erdnüsse… Sind doch immer ein wenig fettig…

MARIE: Ja, natürlich. Am Ende vom Flur, immer geradeaus.

Jacques und Céline gehen ab.

MARIE: Was ist denn in dich gefahren, denen zu erzählen, dass du in der Werbung für das Bestattungsinstitut den Toten spielst? *(Macht ihn mit Ironie in der Stimme nach)* „Eine Rolle ohne große Worte"…

PIERRE: Ach, komm schon, das war doch nur, um ein bisschen Stimmung in den Laden zu bringen – es ist so was von todlangweilig mit den beiden, oder? Und wir sind erst beim Aperitif… Nur als Vorwarnung: das halte ich nicht bis zum Nachtisch aus… Wir müssen uns was einfallen lassen, damit sie Leine ziehen…

MARIE: Du hast schon recht, besonders heißblütig sind sie nicht, aber… es ist ein bisschen zu spät, um sie noch auszuladen. Eins steht fest: Nochmal einladen werden wir sie nicht.

PIERRE: Warte nur ab, nächstes Mal werden *die uns* einladen, du wirst schon sehen! … Da hast du uns einen schönen Schlamassel eingebrockt, da kommen wir nicht mehr so einfach raus – das ist dir hoffentlich klar?

Marie ist sich im Klaren, versucht aber, es herunterzuspielen.

MARIE: Ach, jetzt übertreibst du… Gut, ich werd versuchen, ein bisschen schneller aufzutischen… Hier, mach schon mal den Wein auf…

PIERRE: Na, wenigstens bin ich seine Flasche Schampus losgeworden. Von so was krieg ich nur Blähungen…

Marie geht Richtung Küche. Pierre greift sich die Weinflasche. Céline kommt zurück.

CÉLINE: Das ist wirklich nett von Ihnen, diese Kennlern-Einladung. Ich hab in dieser Gegend gewohnt, vor langer Zeit, als ich zur Schule gegangen bin, aber ich kenne hier niemanden mehr… Außerdem kann man sich unter Nachbarn mal mit kleinen Gefälligkeiten aushelfen…

PIERRE: Ja, das sagt meine Frau auch… *(Ihm kommt eine Idee)* Übrigens, ich freue mich, dass Sie das sagen… Weil… Es ist nämlich so, dass ich Sie um etwas bitten wollte.

Pierre hält ihr die Flasche hin.

PIERRE: Wären Sie so gut, die Flasche aufzumachen, ich weiß nicht, ob ich noch die Kraft dazu habe…

Céline stutzt, aber macht sich dann unbeholfen an der Flasche zu schaffen. Sie bemüht sich mit aller Kraft, den Korken herauszuziehen.

PIERRE: Ich wollte uns nicht den Abend verderben, aber… Ich habe Krebs…

Bei diesen Worten gelingt es Céline plötzlich, den Korken mit einem einzigen Ruck herauszuziehen. Pierre nimmt ihr die Flasche ab und schenkt ein, während er weiter redet.

PIERRE: Mir ist gerade eröffnet worden, dass ich einen Tumor habe… Ich muss meine Flatrate überzogen haben…

CÉLINE: Ihre Flatrate…?

PIERRE: Das Handy, Sie wissen schon… Die… Die Strahlung. Muss ein veraltetes Modell gewesen sein…

CÉLINE *(mitfühlend)*: Hirntumor…

PIERRE: Schlimmer…

Céline sieht ihn an und überlegt, was wohl noch schlimmer sein könnte.

PIERRE: Hodenkrebs…

CÉLINE *(entsetzt)*: Nein…!

PIERRE: Die Freisprechfunktion, Sie wissen schon, schützt den Kopf, aber in Wahrheit wird das Problem nur verlagert…

CÉLINE: Das tut mir entsetzlich leid für Sie…

PIERRE *(hebt sein Glas, um ihr zuzuprosten)*: Also dann, auf Ihr Wohl… Das lassen wir uns nicht entgehen…

Sie stoßen an, in Katastrophenstimmung.

CÉLINE: Aber… jetzt gibt es doch schon Behandlungsmöglichkeiten…

PIERRE: Ja… Mein Chirurg zieht eine Transplantation in Betracht… *(Pause)* Und das ist auch der Grund, warum ich meine Frau gebeten habe, Sie einzuladen… Sie und Ihren Mann…

Céline ist zutiefst betroffen.

PIERRE: Noch etwas Wein?

Céline kann eine Aufmunterung gut gebrauchen und lehnt nicht ab. Er schenkt ihr großzügig nach, sie leert das Glas in einem Zug.

CÉLINE: Ah, gut, der Wein, nicht?

PIERRE: Nehmen Sie sich doch von den Erdnüssen…

Sie bedient sich.

PIERRE: Ja, also… Ich bräuchte einen Spender…

CÉLINE: Einen Spender…?

Pierre rückt zu ihr und fasst sie an den Schultern.

PIERRE: Wissen Sie, es lässt sich auch ganz gut mit nur *einem* Hoden leben… Die Operation ist harmlos und eine Woche später denken Sie gar nicht mehr dran. Nicht mal die Narbe ist zu sehen…

CÉLINE *(perplex)*: Das heißt, dass… Das müsste ich mit meinem Mann bereden… Ich weiß nicht, ob…

Marie kommt zurück und sieht die beiden in dieser zweideutigen Position.

CÉLINE *(verlegen)*: Ich sehe mal nach, ob Jacques mit den Kindern zurechtkommt... Sie wissen ja, wie die Männer so sind...

Sie geht hastig raus.

MARIE: Na... Das sieht ja ganz so aus, als ob ihr euch inzwischen bestens versteht...

PIERRE: Hör bloß auf. Das ist ein einziger Albtraum. Wir müssen die beiden irgendwie loswerden...

MARIE: Wie soll das deiner Meinung nach gehen? Wir können sie nicht gut rauswerfen – schließlich haben *wir* sie ja eingeladen!

PIERRE: *Wir* ist gut...

MARIE: Jaja, ich weiß, das war dumm von mir... Aber jetzt... jetzt ist die Sache gegessen... Ach, ich hab das Brot vergessen...

Bevor sie in die Küche geht, wirft Marie noch kurz einen Blick in „Elle".

MARIE *(enttäuscht)*: So gut wie auf der Abbildung in *Elle* sieht der Braten nicht aus...

PIERRE: Es sehen ja auch nicht alle Frauen auf der Straße so aus wie die Models in diesen Zeitschriften... Warum sollte das bei deinem Schweinebraten mit seinen Pflaumen anders sein...

Marie zuckt mit den Schultern und geht raus, leicht verstimmt. Sie dreht sich aber noch einmal zu Pierre um, bevor sie in der Küche verschwindet.

MARIE: Versuch trotzdem ein bisschen nett zu ihnen zu sein...

PIERRE: Damit die hier Wurzeln schlagen?

MARIE: Die werden wir vielleicht noch zwanzig Jahre als Nachbarn haben. Besser, wir verkrachen uns nicht schon gleich nach ihrem Einzug mit ihnen...

PIERRE *(verzweifelt)*: Mit Nachbarn kommt man am besten aus, wenn man sie erst gar nicht anspricht.

Marie will weiter in die Küche, aber dreht sich noch ein letztes Mal um.

MARIE: Sag mal, du hast nicht zufällig die Katze gesehen?

PIERRE *(etwas verlegen)*: Heute noch gar nicht…

MARIE: Deine Zimmerpflanze war hoffentlich nicht giftig.

Marie geht raus. Jacques kommt zurück.

JACQUES: Céline bringt noch den Kleinen ins Bett und kommt dann gleich wieder. Die anderen beiden schauen noch fern…

PIERRE: Strip Poker…?

JACQUES: „Die Abenteuer des Rabbi Jakob"… Mein Lieblingsfilm… Mmmm… Das riecht ja köstlich!

Jacques fasst Pierre an den Schultern.

JACQUES: Ich bin sicher, wir werden uns gut verstehen… Solche Einladungen unter Nachbarn haben ja den Vorteil, dass man nicht weit zu fahren hat… Wir haben alle Zeit der Welt… und müssen garantiert nicht ins Röhrchen blasen!

PIERRE *(dem gerade etwas Neues einfällt)*: Sagen Sie, Jacques… Ich darf doch Jacques zu Ihnen sagen?

JACQUES: Selbstverständlich, Pierre. Unter Nachbarn…

PIERRE: Sie sind mir sehr sympathisch. Ich wollte Ihnen etwas vorschlagen. Genauer gesagt, ich und meine Frau…

JACQUES *(ahnungslos)*: Um was geht es denn?

PIERRE: Sie haben doch bestimmt schon vom… vom Partnertausch gehört?

JACQUES *(wie vom Blitz getroffen)*: Nur vage…

PIERRE: Also… meine Frau und ich… Also, wenn Sie wollen… Aber Sie brauchen sich nicht verpflichtet zu fühlen. Im Allgemeinen kommt es dazu zwischen Dessert und Kaffee… Aber wenn Sie nicht daran interessiert sind, können Sie einfach vor der Käseplatte aufstehen und gehen. Ich und meine Frau verstehen das dann schon…

Jacques ist fassungslos und hat auch nicht mehr Zeit zu antworten. Céline kommt zurück.

CÉLINE: So! Jetzt können wir ganz in Ruhe den Abend verbringen, nur wir vier…

Céline bemerkt den etwas gequälten Gesichts-ausdruck von Jacques.

CÉLINE: Stimmt was nicht?

JACQUES *(verlegen)*: Doch, doch… Wir haben über… über freien Gütertausch gesprochen. Über Globalisierung, über Standortverlagerungen und so was… Meine Frau ist übrigens auch eine große Verfechterin von freiem Partnertausch…

CÉLINE *(korrigiert, peinlich berührt)* : Von freiem Güter-tausch…

Betretenes Schweigen. Marie kommt mit dem gefüllten Schweinebraten aus der Küche.

MARIE: Jetzt aber… Wenn Sie nichts gegen Schweine-fleisch haben, können wir uns zu Tisch setzen…

Sie setzen sich an den Tisch. Etwas beklemmende Stille.

MARIE: Möchten Sie neben meinem Mann sitzen?

Céline fügt sich, unter dem besorgten Blick von Jacques. Marie serviert reihum.

CÉLINE: Das sieht ja wirklich sehr lecker aus…

Marie will Pierre bedienen.

PIERRE: Nein, danke…

MARIE: Hast du keinen Hunger?

Pierre: Nicht besonders… Und dann, Fleisch hat mich schon immer ein wenig angeekelt. Sie nicht?

Jacques und Céline sehen ihn verblüfft an.

Pierre: Sie wissen ja, kein Tier kommt dem Menschen so nahe wie das Schwein, es unterscheidet sich vom Menschen nur in ein paar Genen. *(Sieht zu Jacques)* Wenn auch nicht in allen…

Den Gästen hat diese Einführung ein wenig den Appetit verdorben. Marie versucht, das Thema zu wechseln.

Marie: Und Sie, Céline? Sie haben uns noch gar nicht gesagt, was Sie beruflich machen…

Céline: Ich zögere immer ein wenig, darüber zu reden… Es ist nicht besonders gut angesehen, in der heutigen Zeit…

Pierre: Sind Sie Stripperin… oder… Kfz-Mechanikerin?

Céline: Schlimmer… Ich bin…*(pathetisch) Cost Killer.*

Pierre und Marie verstehen nicht.

Jacques: Kosten-Nutzen-Optimiererin auf gut Deutsch… In gewissem Sinn eine Kopfjägerin…

Marie: Und was machen Sie genau?

Céline: Also… Ich werde hinzugezogen, wenn ein Unternehmen in Schwierigkeiten steckt und es darum geht, abgestorbene Zweige eines Betriebs zu kappen, damit neue Triebe ungestört nachwachsen können…

Jacques: Diese Kostenjäger sind eigentlich das Gegenteil von *Head-Huntern*… Ich sag immer: meine Frau, die lässt Köpfe rollen, damit der Rubel wieder rollt…

Marie *(fasst sich an den Hals, beeindruckt)*: Das hört sich interessant an…

Jacques: Meine Frau ist eine Art Robespierre in Sachen Revolution durch Liberalismus… Eine glühende Verfechterin von freiem Partnertausch…

CÉLINE *(korrigiert)*: Von freiem Gütertausch…

JACQUES: Ähm… Ja, natürlich…

MARIE: Und welche Köpfe möchten Sie als nächstes zum Rollen bringen…?

CÉLINE: Bis jetzt waren es immer Unternehmen der Privatwirtschaft, die an mich herangetreten sind. Aber in letzter Zeit kommt der Öffentliche Dienst vermehrt auf mich zu, ich habe gerade einen neuen Auftrag anvertraut bekommen…

MARIE *(in leicht scherzhaftem Ton, aber innerlich besorgt)*: Sie werden sich doch nicht an das Bildungswesen heranmachen… Da könnte ich mir nämlich vorstellen, dass man als Erstes die Lehrer für Musiktheorie guillotiniert…

CÉLINE: Lachen Sie nicht, die kommen schon noch dran. Aber im Moment habe ich den Auftrag, einen anderen Dinosaurier zu zerlegen…

MARIE: Doch nicht die *Parti Socialiste?*

CÉLINE *(mit zufriedenem Lächeln)*: Nein, die *Bibliothèque Nationale*…!

Pierre verschluckt sich.

PIERRE: Die *Bibliothèque Nationale*…!

CÉLINE: Das bleibt natürlich unter uns… Ich fange morgen früh an, noch ist niemand eingeweiht. Ich werde unter den Angestellten die Produktivsten selektieren; und nur *die* behalten ihren Arbeitsplatz… Die anderen, die werden durch Computer ersetzt…

JACQUES: Meine Frau ist eine Killerin. In ihrer Branche wird sie nur noch Osama genannt. Wenn sie mit der *Bibliothèque Nationale* fertig ist, dann stehen von der mindestens zwei Türme weniger, das garantiere ich Ihnen…

Marie hat es die Sprache verschlagen und Pierre steht kurz vor einem Schlaganfall. Ihre Gäste merken jedoch nichts davon.

CÉLINE: Aber ich will sie nicht langweilen... Ihr Schweinebraten mit Pflaumen ist wirklich ausgezeichnet. Können Sie mir das Rezept geben?

Jacques steht auf.

JACQUES: Sie entschuldigen mich bitte für einen Augenblick, vor dem nächsten Gang... Die Pflaumen zeigen Wirkung...

CÉLINE: Dann nutze ich die Gelegenheit und schau noch mal nach den Kindern, ob sie nicht Schund auf *Canal Plus* oder *Sky* ansehen. Wir sind zwar nicht abonniert, aber wer weiß, ob die nicht doch irgendwie da rankommen...

Jacques und Céline gehen nach verschiedenen Seiten ab.

PIERRE *(in Untergangsstimmung)*: Jetzt bin ich dran. Ich seh mich auf dem ersten Karren zum Schafott...

MARIE: Hättest du bloß nicht damit angegeben, dass du fürs Nichtstun bezahlt wirst... *(sie macht ihn nach)* „Dazu muss man schon ein sehr guter Schauspieler sein."

PIERRE *(außer sich)*: Immer langsam - wie hätte ich denn erraten sollen, dass sie Kopfjägerin ist? Auf den ersten Blick sah sie nicht besonders angriffslustig aus... Und außerdem hast *du* sie eingeladen! Wenn du mir gesagt hättest, dass Frau Pol Pot heute zum Abendessen kommt, hätte ich mich zurückgehalten...

MARIE: Ich weiß auch nicht, wie wir das wieder gerade biegen können...

PIERRE: Noch dazu, wo ich ihm zum Dessert einen flotten Vierer vorgeschlagen habe...

MARIE: Wie bitte?

PIERRE: Das war doch nur, um sie schneller loszuwerden...

MARIE *(beleidigt)*: Nett von dir, dass du dabei auch an mich gedacht hast... Jetzt wird sie dich nicht nur für einen Schmarotzer halten, sondern auch noch für notgeil.... Und was, wenn die beiden zugestimmt hätten...

PIERRE: Ich hab nur mit ihrem Mann darüber gesprochen... Nebenbei bemerkt: er hat noch nicht abgelehnt... Das Problem ist, dass wir sie jetzt mit allen Mitteln hier behalten müssen, damit sie eine bessere Meinung von uns bekommen...

Marie steht kurz vor einem Nervenzusammenbruch und zündet sich eine Zigarette an.

MARIE Ich glaube, das war nicht der richtige Tag, um aufzuhören. *(Marie zieht ein paar Mal gierig an der Zigarette)*. Ah, das tut gut...

Pierre sieht sie entgeistert an, reißt sich aber wieder zusammen.

PIERRE: Also gut, hör zu, wir sind an einem Punkt, wo ich nur noch eine Lösung sehe...

MARIE: Das Gas aufdrehen, wie die Ex–Nachbarn...

PIERRE: Sie weiß noch nicht, dass ich an der *Bibliothèque Nationale* arbeite... Wir müssen den Rest des Abends ausnutzen und sie irgendwie kompromittieren...

MARIE: Und wie willst du das anstellen? Du wirst doch hoffentlich nicht von mir verlangen, dass ich diesen Schweinkram mitmache, den du ihrem Mann vorge-schlagen hast? Nur damit wir sie erpressen können und du deinen Job behältst?

PIERRE: Nee, natürlich nicht, wenn sich's vermeiden lässt... Als Erstes könnten wir sie dazu bringen, dass sie sich betrinkt... Die muss doch irgendwas haben, was sie verdrängt, bei ihrem ganzen vornehmen Getue...

MARIE: Sie soll sich betrinken…? Glaubst du wirklich, dass wir sie dazu kriegen, dass sie auf den Tisch steigt und ein öffentliches Bekenntnis ablegt, wie bei einer Kulturrevolution…? Nee, wenn du *die* zum Reden bringen willst… kann ich mir nichts Anderes vorstellen, als sie mit dem Kopf in den Backofen zu stecken… *(spinnt das weiter)* Ich müsste sie irgendwie in die Küche locken, während du ihren Mann ausschaltest…

Pierre hört nicht auf sie. Er überlegt weiter…

PIERRE: Ein öffentliches Geständnis… das bringt mich auf eine Idee…

MARIE: Und zwar?

PIERRE: Strip Poker!

MARIE: Du willst ihnen jetzt tatsächlich einen Strip Poker vorschlagen?

PIERRE: Einen Strip Poker, wie in dieser Reality-Show im Fernsehen! Wenn sie ordentlich über den Durst getrunken hat, schlagen wir ihr eine Partie Strip Poker vor.

MARIE *(besorgt)*: Was für eine Art von Strip Poker?

PIERRE: Wer eine Runde verliert, muss zur Strafe auf eine indiskrete Frage antworten. So was wie ein Spiel um die Wahrheit! Die ist doch ne Zockerin… wenn die einen in der Krone hat, macht sie bestimmt mit.

MARIE *(besorgt)*: Es ist nur so, dass ich nicht besonders gut im Pokern bin…

PIERRE: Hast du was zu verheimlichen?

MARIE: Nein, nicht direkt, aber…

PIERRE: Na also!

Jacques und Céline kommen zurück.

JACQUES: Ah, jetzt geht's mir besser!

MARIE: Gut… also…, dann können wir uns ja jetzt ans Dessert machen…

Verlegenheit auf Seiten von Jacques.

Jacques: Es wird so langsam spät, nicht? Wir sollten uns vielleicht auf den Heimweg machen …

Céline: Ach komm, Jacques, wir werden uns doch jetzt nicht einfach davonstehlen…

Pierre will die Nachbarn nicht mehr gehen lassen, um die Katastrophe abzuwenden. Im Weiteren ist er in seinem Verhalten komplett umgewandelt.

Pierre *(liebenswürdig)*: Kommt nicht in Frage! Nach dem Dessert spielen wir noch eine Runde… Mögen Sie Gesellschaftsspiele?

Céline: Da haben Sie meine Schwachstelle gefunden! Ich bin sehr verspielt… Stimmt's, Jacques?

Licht aus.

DRITTER AKT

Es geht zu wie in einer verräucherten Spielhölle. Die vier sitzen um den Pokertisch, Kippe im Mundwinkel, ziemlich „aufgeknöpft", über ihren Köpfen eine Lampe wie in den einschlägigen Filmen. Jacques und Céline sehen Marie beeindruckt zu, wie sie die Karten mit der Virtuosität eines Casino-Angestellten, eines „Dealers", mischt.

PIERRE: Kapiert? Am Ende jeder Runde darf der mit den meisten Chips demjenigen, der die wenigsten hat, eine Frage stellen…

Die Anderen nicken zustimmend.

JACQUES *(versucht zu witzeln)*: Solange es nicht meine Hosenknöpfe sind. Ansonsten habe ich nichts zu verbergen…

PIERRE *(in bedrohlichem Ton)*: Wir haben alle was zu verbergen… Man muss nur richtig nachbohren… Die richtigen Fragen stellen…

Die Stimmung ist zunehmend gespannt. Das Spiel beginnt. Die vier Spieler machen ihre Einsätze. Jacques hebt ab. Marie teilt die Karten aus (für jeden fünf). Pierre hält Céline eine Flasche hin.

PIERRE: Noch ein kleiner Digestif gefällig…?

CÉLINE *(schon ziemlich angetrunken)*: Was soll's! Eine kleine Ausschweifung von Zeit zu Zeit…

JACQUES: Vernünftig ist das aber nicht… *(Versucht es mit Humor)* Sie wissen, dass man heute belangt werden kann, wenn man seine Gäste mit einem tüchtigen Zacken in der Krone abziehen lässt…

PIERRE: Aber Sie haben ja selbst gesagt, dass Sie's nicht weit nach Hause haben. Sie wohnen doch gleich gegenüber…

JACQUES: Nebenan…

PIERRE: Dann riskieren Sie ja nicht einmal, überfahren zu werden, wenn Sie über die Straße gehen… *(zu Jacques, vieldeutig)* Aber wenn es Ihnen lieber ist, können Sie natürlich auch hier bei uns schlafen…

Verlegener Gesichtsausdruck von Jacques.

CÉLINE *(leert ihr Glas auf einen Zug)*: Ah… Da schmeckt man schön die Birne heraus…!

Das Lächeln von Jacques friert ein. Marie ist fertig mit Geben. Jeder schaut in sein Blatt und versucht gleichzeitig, die Anderen auszuspähen..

PIERRE: Zwei Karten…

Marie gibt ihm die Karten.

CÉLINE: Drei…

JACQUES: Eine…

MARIE: Check…

Alle sehen erneut in ihre Karten und möglichst unbemerkt nach den Anderen. Dann machen sie nacheinander ihre Ansagen.

PIERRE: Ich steige aus…

JACQUES: Ich auch…

CÉLINE: Nur noch wir zwei.

MARIE: Ich will sehen…

Céline deckt ihre Karten mit kindlicher Begeisterung auf.

CÉLINE: Vier Asse! Wer hat was Besseres?

MARIE *(geschlagen)*: Ein Buben-Dreier…

Céline sammelt ihren Pot ein. Alle sehen nach den ihnen verbliebenen Chips.

CÉLINE: Jetzt darf ich also eine Frage stellen…

Unbehagen bei den Anderen, die ihre Chips zählen, besonders bei Marie, die am wenigsten hat.

CÉLINE: Also… Frage an Marie!

Pierre und Jacques sind erleichtert.

CÉLINE: Sie müssen uns die Wahrheit sagen…

MARIE *(unruhig)*: Nur zu, fragen Sie…

CÉLINE: Haben Sie schon einmal jemandem etwas gestohlen? Oder einen Ladendiebstahl begangen?

Marie ist fast erleichtert.

MARIE: Ja… *ein*mal… Um ein Dach überm Kopf zu haben.

JACQUES: Sie haben Geld gestohlen, um Ihre Miete zu bezahlen?

MARIE: Nein! Ein Camping-Zelt!

CÉLINE: Ach, gar nicht Geld?

JACQUES: Hm… Ich wäre nie auf die Idee gekommen, so etwas zu stehlen! Das bekommt doch jeder mit, wenn man ein Zelt mitnimmt?

CÉLINE: Ein Zelt…? War das… aus Not? Wussten Sie nicht, wo Sie schlafen sollen?

MARIE: Es war für einen Camping-Urlaub. Ich war in einem Einkaufszentrum und bin zur Kasse gegangen, um das Zelt zu bezahlen. Es war aber nicht die richtige Kasse. Also bin ich zu einer anderen Kasse gegangen und merke plötzlich, dass ich schon durch die Sicherheitsschranke bin. Und wo ich schon mal draußen war…

PIERRE: Das war kein richtiger Diebstahl… Du wolltest es ja gar nicht klauen…

MARIE: Sagen wir so: ich hab auch nicht kehrt gemacht, um es zu bezahlen… Genau genommen hatte ich vor allem Angst, dass diese Sicherheitsschleuse anfängt zu piepen. Wär doch zu dumm gewesen, mich erwischen zu lassen, wie ich versuche, ein Zelt wieder in den Laden reinzuschmuggeln, wo ich es eben erst unabsichtlich geklaut habe… Wie hätte ich das den Wachleuten erklären sollen! Die sind ja auch nicht gerade mit viel Vorstellungskraft gesegnet…

*Die anderen sehen so aus, als ob sie sich das gerade
ausmalen.*

CÉLINE: War das wirklich das einzige Mal?

MARIE: Ja...

CÉLINE: Dann sind sie ja eigentlich ehrlich...

MARIE: Wissen Sie, die meisten Leute sind nur ehrlich,
weil sie nicht den Mut haben, unehrlich zu sein... Mir kam
das Risiko immer unverhältnismäßig groß vor, verglichen
mit der Befriedigung, die es mir vielleicht verschafft
hätte...

JACQUES *(vom Alkohol enthemmt)*: ...Ihren Mann zu
betrügen...?

MARIE: Das steht auf einem anderen Blatt...

JACQUES: Na dann...

*Beginn einer neuen Runde. Gleiches Karussell. Sie
machen ihre Einsätze. Diesmal ist Pierre der Dealer
und gibt.*

CÉLINE: Eine Karte.

JACQUES: Weiter...

MARIE: Weiter...

PIERRE: Zwei Karten...

Sie machen wieder ihre Einsätze.

CÉLINE: Ich gehe mit...

JACQUES: Ich erhöhe um einen...

MARIE: Ich passe...

PIERRE: Ich will sehen...

Sie decken ihre Karten auf.

PIERRE *(siegessicher)*: Fullhouse!

JACQUES: Flush!

*Das Lächeln von Pierre erstarrt. Marie wirft ihm einen
ironischen Blick zu.*

MARIE: Das fängt ja gut an...

Jacques nimmt sich den Pot.

JACQUES: Jetzt bin ich mit der Frage dran.

Jetzt sind die drei anderen in der Defensive und zählen ihre Chips.

JACQUES: Pierre… *(Pierre knickt ein)* Haben Sie schon einmal Lust gehabt, jemanden umzubringen?

PIERRE: Vor heute Abend, meinen Sie?

JACQUES: Und das auch schon ein Stück weit umgesetzt… Sonst zählt das nicht… Wenn man alle Ehemänner, die ihre Frau mindestens einmal in der Woche umbringen wollen, einsperren würde… Die Gefängnisse sind sowieso schon überfüllt…

Céline wirft ihm einen Blick zu, der töten könnte. Pierre versucht, sich zu erinnern.

PIERRE: Nicht, dass ich wüsste… *(lacht)* Ach doch… Obwohl – nicht wirklich vorsätzlich… Das war noch in meiner Schulzeit. Da war so ne Dicke mit Brille, die wir immer aufgezogen haben. Einmal, im Schwimmbad, haben wir ihre Brille in das tiefe Schwimmerbecken geschmissen. Sie konnte nicht schwimmen. Das hat sie aber in der Aufregung vergessen, ist reingesprungen und wollte ihre Brille rausfischen. Wir haben wie Walfische gelacht. Als sie nach fünf Minuten noch nicht aufgetaucht war, haben wir dann doch den Bademeister gerufen… Haben *wir* uns totgelacht…! Ich kann mich nicht mehr an ihren Namen erinnern, die Arme…

CÉLINE: Céline Robert…

PIERRE *(erstarrt)*: Ach ja, kann gut sein…

CÉLINE: Die Dicke mit der Brille – das war ich…

PIERRE: Neee…!?

CÉLINE: Ich hab doch gewusst: Ihr Gesicht kommt mir bekannt vor…

Jacques mischt sich ein, um die Stimmung etwas zu entspannen.

Jacques: Also... Auf ein Neues.

Nächste Runde. Nicht mehr so schwungvoll. Und in ungemütlichem Schweigen. Céline gibt.

Jacques: Ich bin raus.

Marie: Weiter...

Pierre: Ich bin auch raus.

Céline: Ich erhöhe um zehn...

Marie: Ich gehe mit und erhöhe um 20...

Céline *(zieht nach)*: Ich will sehen.

Céline und Marie decken auf. Marie lächelt zufrieden. Céline lässt den Kopf hängen.

Marie: Also, diesmal bin ich mit fragen dran... Frage an Céline...

Céline wird nervös.

Marie: Haben Sie schon einmal einen schwerwiegenden beruflichen Fehler begangen, den Sie vor niemandem zugegeben hätten?

Céline fühlt sich gar nicht wohl in ihrer Haut. Sie geht nach vorne an den Rand der Bühne, so als wolle sie ein Geständnis ablegen. Aber statt etwas zu sagen, zieht sie ihr Oberteil aus.

Licht aus.

Das Licht geht wieder an. Céline ist immer noch im Rampenlicht, vorne an der Bühne. Sie hat offensichtlich noch eine Runde verloren.

Marie: Ich wiederhole meine Frage... Haben Sie schon einmal einen schwer-wiegenden beruflichen Fehler begangen...?

Céline will schon ihren Rock ausziehen... hält aber dann inne und antwortet mit fast unhörbarer Stimme.

Céline *(sehr leise)*: Ja...

Marie: Wie bitte?

CÉLINE: Ja!

MARIE: Was war das für ein Fehler?

CÉLINE: Also gut… Aber nur, wenn es diese vier Wände nicht verlässt…? Versprochen?

Pierre und Marie nicken heuchlerisch.

PIERRE: Stellen Sie sich einfach vor, dass Sie in einer Kirche sind und wir Ihnen die Beichte abnehmen…

Die verräucherte Spielhöllen-Atmosphäre passt kaum zu diesem Bild.

JACQUES *(belustigt)*: In einer Kirche…?

MARIE: Oder einer Synagoge, wenn Ihnen das lieber ist.

CÉLINE: Gibt's in Synagogen Beichtstühle?

PIERRE *(ungeduldig)*: Weiß ich auch nicht… Stellen Sie sich einfach vor, Sie machen in einer Fernseh-Show mit, Stil *Die Wahrheit und nichts als die Wahrheit…*

CÉLINE: Also gut… Es war vor sechs Monaten, ungefähr. Bei einem meiner Firmen-Audits habe ich durchgesetzt, dass ein leitender Angestellter und seine Freundin, die auch dort gearbeitet hat, entlassen wurden. Ich war fest davon überzeugt, dass die beiden sich aus der Firmenkasse bedient hatten… Er, der Mann, ist damit nicht fertig geworden, er war 20 Jahre in dem Unternehmen. Er hat Selbstmord begangen… Zusammen mit seiner Frau…

Pierre und Marie sehen sich voller Genugtuung an. Jetzt haben sie etwas gegen Céline in der Hand.

CÉLINE: Sie haben das Gas aufgedreht…

PIERRE *(entsetzt)*: Die Nachbarn von gegenüber…!

CÉLINE: Wie bitte?

PIERRE: Ach, nichts…

CÉLINE: Kurz nach ihrer Beisetzung wurde mir klar, dass sie unschuldig waren… Ich hatte da etwas falsch zusammengerechnet. Das habe ich aber niemandem gesagt… Ich habe auch nichts unternommen, um den guten Ruf dieser armen Leute wieder herzustellen… Ich habe mich zu sehr geschämt… *(unter Tränen)* Normalerweise verrechne ich mich nie.

Jacques tröstet sie.

JACQUES *(zu Pierre und Marie gewandt)* Es geht ihr noch immer nahe, wenn wir darüber sprechen… *(versucht weiter, seine Frau zu trösten)* Möchtest Du, dass wir nach Hause gehen, Engelchen?

Pierre und Marie werfen sich einen Blick zu, der sagen will, dass sie auch genug haben, denn sie haben ja bekommen, was sie wollten.

MARIE: Ja, das reicht, vielleicht…

CÉLINE *(fasst sich wieder)*: Nein, nein ich möchte Ihnen nicht den Abend verderben… Es geht schon wieder… *(ist auf eine Revanche aus)* Und außerdem kann man eine Poker-Partie nicht einfach so abbrechen… *(in beunruhigendem Tonfall)* Es ist ja noch nicht jeder dran gewesen…

Céline leert ihr Glas in einem Zug, um ihre Schuldgefühle zu vergessen.

PIERRE: Na gut…

Jacques gibt. Sie setzen ihr Spiel schweigend fort. Die Stimmung ist beklemmend.

MARIE: Eine Karte…

PIERRE: Weiter…

CÉLINE: Ich gehe mit…

JACQUES: Ich will sehen…

Sie decken ihre Karten auf.

CÉLINE: Ich habe ein Paar…

JACQUES: Drilling…

MARIE: Vier Damen…

PIERRE *(triumphiert)*: Vier Könige!

Unbehagen bei den Anderen.

PIERRE: Jacques…

Jacques erstarrt.

PIERRE: Wissen *Sie*, was der Katze passiert ist, die ich heute Morgen unten in der Mülltonne gefunden habe…

Bestürzung auf Seiten von Marie. Verlegenheit bei Jacques und Céline.

PIERRE: Sie müssen uns die Wahrheit sagen…

Auch Jacques geht nach vorne an den Rand der Bühne, als wolle er ein Geständnis ablegen. Aber statt etwas zu sagen, zieht er seine Hose aus und steht in Unterhosen da.

Licht aus.

Das Licht geht wieder an. Jacques ist immer noch im Rampenlicht, vorne am Bühnenrand. Auch er hat offensichtlich noch eine Runde verloren.

PIERRE: Also, was war mit der Katze?

Jacques ist drauf und dran, seine Unterhose auszuziehen, doch dann antwortet Céline für ihn.

CÉLINE: Die hatte mir schon drei Pflanzen auf meinem Balkon aufgefressen… Da habe ich die vierte Pflanze gestern mit Arsen besprüht.

Marie bricht in Tränen aus.

PIERRE: Du lieber Gott! Das Kätzchen ist tot…

Alle sind peinlich berührt.

JACQUES *(will die Atmosphäre auflockern)*: Na, wie wär's - noch eine letzte kleine Runde? Zur Wiedergutmachung…

CÉLINE: Gut, aber danach geht's ins Bett.

Neue Runde. Neue Einsätze. Marie gibt. Weitere Einsätze. Noch angespanntere Gesichter.

PIERRE: Eine Karte.

CÉLINE: Eine Karte.

JACQUES: Weiter.

MARIE: Eine Karte.

Jacques setzt seine ganzen Chips ein.

JACQUES: *All in...*

MARIE: Ich passe...

PIERRE: Ich passe...

CÉLINE: Ich auch...

Jacques sammelt den Pot ein. Er strahlt. Marie merkt mit Entsetzen, dass ihr die wenigsten Chips bleiben.

JACQUES: Ich bin dran mit der Frage...

MARIE *(in Panik)*: Sie haben uns noch nicht gezeigt, welche Karten Sie auf der Hand haben...!

JACQUES: Muss ich ja nicht! Wenn alle aussteigen...!

Er sieht die drei anderen der Reihe nach an, um die Spannung zu erhöhen.

JACQUES: Marie hat die wenigsten Chips... Na, dann lass ich's mal krachen...

Marie verkrampft sich.

JACQUES *(erbarmungslos)*: Sind Sie schon mal fremdgegangen?

Marie bleibt stumm. Pierre sieht zu ihr, unruhig.

CÉLINE: Wir haben uns alle an die Spielregeln gehalten. Sie sind uns die Wahrheit schuldig...

Auch Marie geht an den Bühnenrand. Sie zieht ihr Oberteil aus.

Licht aus.

Licht an.

JACQUES *(erbarmungslos)*: Haben Sie Ihren Mann schon einmal betrogen?

Marie, immer mehr in Verlegenheit, zieht ihren Rock aus und steht jetzt in Unterwäsche da.

Licht aus.

Licht an.

JACQUES *(erbarmungslos)*: Haben Sie Ihren Mann schon einmal betrogen?

Marie ist kurz davor, ihre Unterwäsche auszuziehen, entschließt sich dann aber, lieber zu antworten.

MARIE: *Ein* Mal... Ein einziges kleines Mal... Es war... ein Irrtum.

Pierre ist am Boden zerstört.

CÉLINE *(unerbittlich)*: Ein Irrtum? Wie damals bei dem Zelt?

MARIE: Ja, so ungefähr...

JACQUES *(lässt nicht locker)*: Man schiebt aber keine Nummer mit einem anderen, wie man eine falsche Telefonnummer wählt...

CÉLINE: Und *wenn* man sich schon verwählt hat, kann man auflegen, bevor man sich auf ein Gespräch einlässt...

MARIE: Sagen wir einfach: ich hab nicht die Geistesgegenwart gehabt, rechtzeitig aufzulegen... Ich bin einfach zu gesprächig am Telefon...

CÉLINE: Haben Sie Ihrem Mann schon mal davon erzählt?

MARIE: Nein...

CÉLINE: Warum nicht?

MARIE: Ich war durch die Sicherheitsschranke, bevor die Alarmanlage losging... Und ich hab nicht den Mut gehabt, umzukehren und die Rechnung zu bezahlen...

Unbehagen. Pierre und Marie vermeiden den Blick des Anderen.

JACQUES: Hmm. Na dann... Wir lassen Sie wohl besser alleine...

PIERRE *(zu Jacques)*: Haben Sie geblufft?

Jacques zeigt ihm selbstzufrieden seine Karten.

JACQUES: Ich hatte nur so ein kleines Paar...

Erneut Stille. Céline und Jacques stehen auf und bereiten sich zum Aufbruch vor.

JACQUES *(zu Pierre)*: Ich habe auch eine letzte Frage an Sie...

PIERRE: Das Spiel ist vorbei....

JACQUES: Ich hab Ihnen doch auch mein Paar gezeigt...

PIERRE: Na, dann fragen Sie...

JACQUES: Sind Sie wirklich Schauspieler?

PIERRE: Nein, aber ich schreibe Theaterstücke. Während meiner Arbeitszeit... *(sieht zu Céline)*... in der Nationalbibliothek...

CÉLINE: Ich verstehe... Kann ich mit Ihrer Verschwiegenheit rechnen...?

PIERRE *(unschuldig)*: Was die Nachbarn von gegenüber betrifft...? Wenn Sie in Ihren Bericht schreiben, dass ich der produktivste Mitarbeiter unseres Hauses bin und man mich auf keinen Fall durch einen Computer ersetzen kann.

Céline schluckt.

CÉLINE: Darf ich mir ein Glas Wasser aus der Küche holen? Ich fühle mich gerade nicht besonders...

MARIE: Nur zu...

Céline geht in die Küche.

JACQUES: Nächstes Mal laden wir *Sie zu uns* ein...Dann spielen wir zur Abwechslung Scrabble...

Céline kommt zurück.

JACQUES: Also dann, bis bald?

PIERRE *(zu Céline)*: Bis morgen…?

Die Nachbarn gehen ab. Pierre und Marie bleiben allein zurück. Sie wagen es kaum sich anzusehen und betrachten stattdessen die Unordnung ringsum. Das Handy von Marie klingelt.

PIERRE: Gehst du nicht ran?

MARIE: Ich weiß nicht, ob es für dich oder mich ist. Du hast meine Telefonnummer ja an alle deine Kumpels gegeben…

PIERRE: Weil ich dir vertraue…

Marie ist verlegen.

PIERRE *(mit mehr Ernst in der Stimme)*: Wer war das… deine falsche Nummer?

MARIE *(verschämt)*: Jérôme…

PIERRE: Schau an… Das hätte ich dem gar nicht zugetraut…

Marie umarmt Pierre reumütig.

MARIE: Komm, lass uns noch eine Runde Strip Poker spielen…

PIERRE: Ich setze alles auf Gewinn!

Suggestive Musik. Sie fängt einen Strip-Tease an. Er schaut zu, aufgeheizt, und setzt sich, um die Show zu genießen. Er holt eine dicke Zigarre heraus und will sie mit einem Streichholz anzünden, das er aus einer Schachtel herauszieht.

Für einen kurzen Augenblick sieht man Céline hereinspähen… mit einer Gasmaske vom letzten Krieg über dem Gesicht. Dann verschwindet sie wieder.

Marie hört plötzlich auf, gleichzeitig bricht die Musik ab…

MARIE *(besorgt)*: Findest du nicht, dass es nach Gas riecht?

Pierre winkt ab und macht das Zündholz an.

Licht aus.

Greller Blitz, gefolgt von einer Explosion.

ENDE

Zum Autor

Jean-Pierre Martinez, geboren 1955 in Auvers-sur-Oise bei Paris, hat seine ersten Bühnenerfahrungen als Schlagzeuger verschiedener Rockgruppen gemacht. Nach Studium und eigener Lehre von Text- und Bildsemiotik an sozial- und theaterwissenschaftlichen Hochschulen (*Ecole Pratique des Hautes Etudes en Sciences Sociales*, EHESS; *Conservatoire européen d'écriture audiovisuelle*, CEEA) wurde er in der Werbebranche tätig, verfasste nebenher schon bald Drehbücher für das Fernsehen und kehrte schließlich als Theater-Autor und Dramaturg an die Bühne zurück.

Martinez zählt zu den produktivsten und meistgespielten der heutigen Theater- und TV-Drehbuchautoren Frankreichs und des französisch-sprachigen Auslands. Bis dato hat er an die 100 TV-Drehbücher und mehr als 80 Komödien verfasst, von denen einige zu Klassikern geworden sind (Vendredi 13 oder Strip Poker). In englischer und spanischer Übersetzung werden seine Theaterstücke regelmäßig auf Bühnen in Nord- und Lateinamerika gespielt. Für den Erfolg der Theaterstücke von Jean-Pierre Martinez steht die Zahl von jährlich über 2.000 Aufführungen seiner Stücke, die inzwischen in 12 Sprachen übersetzt vorliegen – jetzt auch auf Deutsch.

Zum Übersetzer

Dr. phil. Hans-Joachim Bopst, Studium von Romanistik, Germanistik und Deutsch als Fremdsprache; nach über 10 Jahren Lehre an französischen Universitäten seit 1992 in der Übersetzerausbildung an der Universität Mainz / Germersheim tätig; Lehre, Forschung, Veröffentlichungen und Übersetzungen zu Tourismus, Sprachwissenschaft, Didaktik; zahlreiche Gastdozenturen, Vorträge und Workshops an in- und ausländischen Universitäten; seit 2016 Übersetzung der Komödien von Jean-Pierre Martinez.

Grundlage für die deutsche Übersetzung der Stücke von Jean Pierre Martinez waren Übersetzungsübungen, die unter meiner Leitung am Fachbereich Translations-, Sprach und Kulturwissenschaft (FTSK) der Universität Mainz / Germersheim zwischen 2018 und 2020 stattfanden.

Mein Dank für Kreativität, Korrekturen und Tipps an alle beitragenden Studierenden und Kolleg*innen !

Hans-Joachim Bopst

Das Werk einschließlich aller seiner Teile ist nach den Bestimmungen über geistiges Eigentum urheberrechtlich geschützt. Jede Verwertung des Werks – insbesondere die Bühnenaufführung – außerhalb der engen Grenzen des Urheberrechtsgesetzes und ohne Einwilligung von Autor und Übersetzer ist unzulässig und strafbar und kann zu hohen Schadensersatzansprüchen führen.

April 2020

La Comédiathèque
comediatheque.net

www.ingramcontent.com/pod-product-compliance
Lightning Source LLC
LaVergne TN
LVHW092033190726
843493LV00002B/665